KB270271

# 시간의 기억

시아현대시선 **028**

# 시간의 기억

황태경 시집

---

**인쇄일** │ 2025년 10월 13일
**발행일** │ 2025년 10월 17일

**지은이** │ 황태경
**펴낸이** │ 김영빈
**펴낸곳** │ 도서출판 시아북(詩芽Book)

**출판등록** │ 2018년 3월 30일
**주소** │ 대전광역시 동구 선화로214번길 21(3F)
**전화** │ (042) 254-9966
**팩스** │ (042) 221-3545
**E-mail** │ siab9966@daum.net

값 12,000원

ISBN  979-11-94392-50-7(03810)

---

* 저자와의 협의에 의해 인지를 생략합니다.
* 잘못된 책은 바꿔드립니다.
* 이 책은 2025년도 충남문화관광재단 창작기금을 지원받아
  제작되었습니다.

시아북
詩하ROOK

# 시간의 기억

## 황태경 시집

시아북
詩하ROOK

또다시 망연한 갈림길에 서 있는 느낌이다.
두 번째 시집을 엮으면서 나는,
내 안에 있는 내가 긴장하는 것을 느낀다.


2025년 가을


황태경

시인의 말 · 005


## 1부
# 안개 속에 발을 묻고


레테의 강 · 013

나비 문신 · 014

홀림 · 015

빗장 · 016

변산 노을 · 017

오늘의 운세 · 018

청동 반가사유상 · 020

반딧불이 · 021

밀월 · 022

헤어질 결심 · 023

자두의 내력 · 024

안개비 · 026

황새바위 · 027

마우스피스 · 028

청이 아버지들 · 030

염불 · 032

그리움 5 · 034

2부
## 푸른 불면

비교의 속성 · 037

어둠이 내리면 · 038

한밤중에 · 040

미스터 소크라테스 · 041

절정 · 042

눈대목 · 043

발효 · 044

손 편지 · 045

이소 · 046

비밀 · 047

간발의 차이 · 048

사랑 꽃 · 049

진묘수 · 050

복수는 나의 힘 · 051

만든 꽃 · 052

경우의 수 · 054

달맞이 · 055

꼬리뼈 · 056

3부
## 날마다 새벽은 일고

가포 찻집 · 061

나는 불안하다 · 062

시간의 저울추 · 063

배롱나무 · 064

드립커피 · 066

하여가 · 068

맨드라미 · 069

욕망하는 하루 · 070

바람의 바람 · 072

가을 서정 · 074

종이 한 장 · 075

잠녀 · 076

마중물 · 078

옥잠화 · 080

한산모시 · 081

어린 만신 · 082

지렛대 · 083

## 4부
# 마음의 뒤란

마지막 탱고 · 087

뫼비우스의 띠 · 088

가르마 · 089

소리굽쇠 · 090

가을 빛깔 · 091

존재의 이유 · 092

갈라치기 · 093

보성 찻잎 · 094

등대 · 095

월식 · 096

생채기 · 097

그냥 자유 · 098

뜸 · 100

화이불치 · 101

마음자리 · 102

사랑 2 · 103

발을 씻기면서 · 104

[해설] · 107
경계 위의 삶과 사랑의 의미
윤성희(문학평론가)

# 시간의 기억

황태경 시집

Poems by Hwang Tae Gyeong

1부

# 안개 속에 발을 묻고

# 레테의 강

시간 위에 이끼 끼고
쉰 소리마저 강마를 때면
레테의 강물을 천천히 마신다

오래도록 간직했던
모든 기억은 잊어도
유채꽃 바다에 떠 있는
그립도록 아름다운
사랑만은 남기자

헤어지는 게 아니다
사라지는 게 아니다
잠시 보내는 거다

언젠가 다시 돌아온다는
기약 없는 기다림으로
당각의 시간을 건네주는 사공처럼
기억의 문을 지키는 파수꾼처럼

# 나비 문신

복숭앗빛 관자놀이 다소곳이 돌리고
매끄럽고 둥근 꼬리뼈 바로 거기
젊은 주소를 허벅지게 새겼다

검푸른 날개는 여름 물기 머금어 부풀었고
점점이 떠 있는 반달 무늬는 상아홀이다

네 몸의 장신구는 오직
나비 문신뿐
맘껏 나를 유혹해다오

너의 고운 비늘 가루를 검지에 묻혀
침 바른 혀로 왼 발꿈치 가운데에
스스럼없이 금빛 녹색 나비 한 마리
낡은 아킬레스건을 살그머니 가릴 수 있도록

# 홀림
- Y 화가의 작품 '유토피아'


하얀 네 마리 학이 푸른 하늘 날고
뒤 흰 말 한 마리 푸른 물속 거닌다
분명 끌림이다


운명의 연인 단숨에 알아본 것처럼
아무리 보아도 눈을 뗄 수 없고
보지 않아도 선하고 묘한
단연 이끌림이다


화담의 도포자락 휘날리고
해운의 가야산 물소리 흐른다
끌림에 끌림이 깊어지면 홀림이라


청백의 무릉도원에 제대로 홀려
오늘도 Y 그림 앞에 다소곳이 앉아
유토피아 들어가려는지
단장 곱게 마쳤다

# 빗장

그대 빗장 가만가만 열어 드리오니
찔레꽃자리 여민 하얀 오월 어느 날
맑은 아침 이슬처럼 사뿐히 떠나고
그대 따라 지긋이 나아가고자

나 항상 첫새벽 겨울 바닷가에
얇은 치맛자락으로 언 몸 녹이며
매서운 바람 파도에 홀로 맞선
그대 안고 마음껏 그리워하고자

그대 숱한 서러움과 망설임 엮은
비단보다 더 고운 날개옷 입혀
망각의 피안으로 그림자 누이고
그대 품고 오롯이 살아가고자

나 무엇 하나 두려움 애써 떨치고
찰나와 영겁 아울러 거듭 인연이라
그대 위하듯 나 위함이니
나의 빗장 연연히 풀어주오

# 변산 노을

어느 누가
이렇게 곱고
어떤 꽃이
저렇게 예쁠까

슬퍼도 아름다운 건
항상
애처롭고 빛나듯

피는 해당화 곁에
지는 그리움 깊어

부드럽고 은근한 사랑
변산 바다 노을로
물든다

# 오늘의 운세

올해 100세 생신상까지 받고 돌아가신 막내 고모할머니
오늘의 운세 화투로 살핀다

오동과 비는 빼고 세로로 다섯 장 깔아 차례로 한 장씩 겹쳐
앞뒤 연이은 세 장이 19나 29되면 골라서 맨 아래 가지런히

3월 매화 한 장만 남으면 "오늘은 운수가 좋을라나" 재재
바른 혼잣말

화투패 떨어지지 않으면 혓소리 "쯧쯧쯧" 떨어질 때까지 몇
번이고 계속인데

별로 기쁜 일도 좋은 일도 없었을 텐데

그때는 몰랐다

혼자 된 고모할머니가 왜 할아버지 집에 같이 살았는지

뚱뚱한 체구 튀어나온 이마 사근사근 말솜씨 달근한 할머
니 고손자 재롱 즐기면서 저녁 잡숫고 주무시다 밤새 이승 안
녕하셨다

어릴 적 "할머니는 학교도 안 다녔는데 어떻게 산수를 잘
하세요?"

"화투로 배웠제 니도 핵교 댕기기 전에 민화투나 육백을
배우면 산수 공부는 저절로 되는 기라"

이사 가기 전 서랍 정리하다 화투 한 모 나온다
오늘도 막내 고모할머니 운세 패를 두며 환하게 웃고 계신다

# 청동 반가사유상
- J 작가의 조각상


국립중앙박물관 금동 반가사유상
오른발 왼쪽 다리에 걸치고 고개 숙인 채
오른손 검지를 뺨에 대고 명상에 잠겼다

공주 J 교수 갤러리 청동 반가사유상
오른발 왼쪽 다리에 걸친 것은 비슷하지만
오른손으로 느린 하품하는 폼새가
자못 열반 들어가기 직전 이승에서 펼치는
마지막 몸짓으로 짐작되거나 아니면
오른발 저려 코끝에 침 바르려
입에 손을 대는 것으로 보인다

아무튼 공주 반가사유부처
그 따뜻한 미소와 편안한 자세의 일련은
사근사근하고 즐거운 산책길이자
은밀한 내 안목의 이정표다

J 작가의 가끔 긴 하품 하는 청동 부처님
오늘도 무척 안녕하시다

# 반딧불이

연초록 생기 싱그러운
유월의 선한 잎맥 따라
수컷 꽁무니 매달린 반딧불이 두 줄은
점점이 짝짓기다

어리석은 짓에 개똥에서 산다는
허무맹랑한 누명을 덮어쓴 채
다른 깜박임 서로의 속말 대신하고
한 마리 상대만 고르다는 게
영리한 인간과 달리 대견하다

밝지도 뜨겁지도 않은
차가운 빛으로 빛나더니
마침내 꼬리 불을 감추듯
형설지공만 남아 자못 아쉽다

# 밀월

부드러운 정안의* 유월 속살은
밤꽃 꼬리 주렁주렁 매달려
구릉마다 살가운 풍경이다

달콤 쌉쌀 밀밀 화사한 채
이생에 미처 가시지 못한
무르익듯 은근한 살냄새
밤마다 숱한 풋정 부추기고

암꽃 수꽃 마구 어우러져
엄청난 세 톨의 밤송이거나
약성 좋은 밤꿀이 되려는지
수컷 뻐꾸기 소리마저 높다

더하지도 덜하지도 않은
그윽한 열정에 겨운 초여름
보름달 정기 한껏 품으면
아스라이 은빛 새로 피어나
속세 인연 맺거니 풀거니

* 충청남도 공주시의 면소재지

# 헤어질 결심

결심하고 헤어진다지만
거림없는 말장난이다

작정한다고 될 일이면
벌써 헤어졌겠지

가쉬운 뱃머리 붙잡아
모습이라도 남기려 했는데
어쩌다 그는 사진에도 없더라

뜨거운 입맞춤 차디찬 이별로 굳어
영화보다 더 영화 같은 한 장면이다

그리움을 그린 것이 얼굴이라
바랜 수첩 귀퉁이에 새겨진
년 월 일 또 다른 오늘이다

# 자두의 내력

달콤한 꽃들은
한결같이 흰나비 되어
바람을 희롱하며
꽃 점을 친다

온다 안 온다
온다 안 온다

살구 앵두 귀한 차례 알고
저마다 분수 지켜내느라
향기와 자취 바쁜 틈에
자두가 들러리 선다

살짝 분이 묻은 얕은 홈에
갑분이의 보얀 얼굴 떠오르고
한 소쿠리 가슴에 품어보니
봄날 정염 새삼스럽다

마음에 차지 않은 뒷밭 할부지
전설 같은 한 말씀 떠오른다
속이 흰하면 오얏이고
속이 붉으면 자두여

# 안개비

세 갈래 길 한곳 모이자
타고 내려온 안개 짙고

이따금 짙은 비 내리면
소리 가려 싱그러운 숲 내음

솔 밤 싸리 치자 명자 줄지어
나도 한 그루 나무처럼 서면

안개 품은 하얀 숲은
낮지만 깊은 산이 된다

# 황새바위

지극한 3년 기도 부르심인지
400개 조각 그림으로
부활 성당 안을
촛불처럼 밝혔다

12사도 빛 돌은
십자가 길에서
묵주기도 길로 이어진
성모 동산

신앙을 죽음으로 증거한
248명 빼곡한 지하에는
거룩한 돌무덤으로 누웠으니
황새바위 순교 성지다

삼가며 호젓하게 걷는다
종교는 있을지언정
믿음 없는 나의 베로니카
무색하다

# 마우스피스
### - P 기념관을 다녀와서

우리나라 특급 야구선수의 고향인 공주 구도심 기념관에는 P가 초중고교를 거친 내력으로 등번호 61 운동복 신발 공 방망이 모자 트로피 사진 등 기념비적인 물건이 많다 눈길 끈 건 그가 투수인지라 유달리 앞부분만 닳은 운동화와 젖먹던 힘까지 내서 강속구 던지다 보니 치아 보호를 위한 여러 개 마우스피스인데 모양은 낡고 색도 바랬지만 마주하니 가슴 뻐근해 잠시 숨을 멈춘다 마우스피스의 목적은 오직 하나, 치고 달려 승패를 가르다 보니 때로는 목숨이 걸려 선택 아닌 필수다

1997년 뉴욕에서 P의 경기를 보러 플러싱 시티필드 메츠 구장에 갔는데 미국 동부 교민도 여러 대 버스로 왔다 갑자기 전광판에 'GONGJU KOREA'와 'CHAN HO PARK' 글씨가 반짝반짝하더니 그가 당당하게 걸어 나와 모자 벗고 심판들에게 공손한 인사를 한 후 공을 던졌던 기억 생생하다 왕관의 무게를 견디기 위해 전력 질주했던 진지함과 정상에 오른 이들만 아는 여유로움과 환한 웃음을 머금은 얼굴이 떠오른다

돌아오는 길, 허술한 생각을 보호하려면 나 또한 마우스피
스가 필요할 터 넘어지지 않도록 단단한 걸음을 딛는다

# 청이 아버지들

청이 인당수 당도할 즈음
집채만큼 사나워진 뱃머리
어미 젖무덤 냄새도 모른 채
기막힌 15년을 살아오면서
참았던 바다에 눈물 보탠다

어두운 바다
차가운 죽음
못다 핀 청춘도 아닌
눈먼 아비의 철없음이 슬프다

공양미 삼백 석 시주하면 눈 뜰 수 있지요
용한 몽운사 스님의 어수선한 꼬임에 홀딱
개울 빠지듯 철석같이 약조한 아비의
무심함 달래는 이는 중국 뱃사공이다

헤어지는 아침 고무신에 더뎌 매달린
아비의 얼토당토않은 꿈 타령에

꿈이 참 좋습니다
청이 눈물 옷고름 뒤로 숨고


명아주 지팡이에 기댄 헛바람
어쩐지 짠한 어깨 너머로
훤칠한 울 아버지 그립다

# 염불


옴 마니 밧메 훔
수리수리 마하수리*

비단 고운 깔개 위에 앉아
이른 새벽 냉골 구석방에서
한 시간 훌쩍 금강경 외신다

음전한 두 눈 지긋이 감고
굵고 마딘 헌 염주 돌리면서
가부좌 틀어 꼿꼿한 울림이다

지아비 안녕과
여섯 자식 복 아님
당신 업보 닦음인가

범어사 절집서 어설프게 꿴
모감주 열매 만지는 알알이
할머니 지문 애달프게 닳고

어미 마음 참 골고루 썩인
아버지 고모 삼촌들 감쌌던
풀물 넉넉한 옥양목 치맛자락

볕 좋은 가을 이파리 익듯
살갑게 빚은 말간 소곡주
한 잔 오롯이 받으시오서

# 그리움 5

보냈다
접었다
잊었다

눈가와 콧등
귓불과 손끝에
향기로운 미소
짜릿한 속삭임을 새겼다

뜨거웠던 정염은 추억의 갈피에 옮기고
오직
마지막 남은 금빛 실오라기 하나다

# 2부

## 푸른 불면不眠

# 비교의 속성

등급이 차별 아님은 자연에서일 뿐이고
사람도 그 일부라고 애써 되뇌지만
눈에 보일 만큼 떨리는 질투와 시기에
마비된 이성은 제자리를 잃고 헤맨다

듣고 읽고 느끼고 쓰는 것보다
먹고 숨 쉬고 기도하고 잠들라는
현자나 성인들의 고귀한 가르침은
한낱 초라한 구호로 발밑에 차이는데

불완전한 시력에 기댄 흐릿한 활자는
본래 그렇고 그런 게 세상이라고
위로의 문자 만들어 보내오지만
애꿎은 도마질에 내리꽂히는 한 구절

구르는 돌에는 이끼가 끼지 않는다

# 어둠이 내리면

개와 늑대의 시간이 되면
나는 행복해진다
바야흐로 어둠이
멀리서 천천히
비 오듯 내리니까

원래 늑대는 조상이 개라
생김새 구분하기 어렴없다
그럼에도 늑대는 늑대고
개가 개인 이유는
내가 품은 환상에 기인한다

모든 전설이나 동화는
늑대가 주는 신비함으로
자연의 섭리를 이해하고
늑대가 품은 영리함으로
세상의 이치를 몰아온다

드디어 깊은 밤 늑대는
어둠 속에 사라지고
아스라한 울음소리
귓불을 부드럽게 스쳐
그리운 뭇 밤 더듬는다

# 한밤중에

슬픈 영화 한밤중에
끝나고
구월 보름달 한밤중에
떴다

시월 풀벌레 한밤중에
울어대고
동짓달 마음 한밤중에
사뭇 돌아다녔다

# 미스터 소크라테스

생각 안 하면 외롭지 않다지만
까닭 없이 쓸쓸하고 누추해지면
숲속 걸으며 절대정신 배워야지
마음이 유독 가난해지지 않도록

유연히 흔들려야 인생 제대로인데
어쩌다 강하고 딱딱하게 변했으니
이럴 때 필요한 게 오래된 학설이다

나는 누구인가
무엇 때문에 살고
어떻게 살 것인가

양심에 자존심과 영혼까지
더불어 고독하지만 꼿꼿이
오늘도 열심히 철학 하자
미스터 소크라테스답게

# 절정

깃털처럼 가볍고
터질 만큼 부풀어
한 겹 한 겹 벗은 채
마지막 발돋움으로
부풀어 오르는 분홍 이파리
숨죽여 바라본다

눈에서 눈으로
코끝에서 코끝으로
들판에서 능선으로
꼭대기에서 바다로
마음에서 마음으로
흩어지고 치달릴 때

그도 나도 함께 떨었다

# 눈대목

입 맞추면 소리요
눈 맞추면 아니리고
손 맞추면 추임새라

소년 명창 만갑이* 다섯 마당 들어가서
춘향가 심청가 흥보가 수궁가 적벽가를
진양조 중중모리 휘몰이로 몰아갈 제
북장단 받아내니 고수는 고수답고
판소리 눈대목에 소리꾼 득음하니

넋은 뿌리요 소리는 삶이라
동편은 자르고 서편은 끌진대
춘향가 한 자락 사랑가 부르는데

사랑 사랑 사랑 내 사랑이야
사랑이로구나 내 사랑아
춘향 업은 몽룡 도령의 젊은 목청
광한루 그넷줄로 탱탱하니 높더라

* 조선 후기 5대 명창 중 한 사람

# 발효

경계를 서성이며
익을 것인가 썩을 것인가
자신을 오롯이 내놓는
베풂이자 나눔이다

위험하다

미움 혹은 오만의 굴레는
무엇이라도 벌을 받고 죄를 면한다
약함과 열정 감성의 복제는
누구라도 찰나 얻고 영원을 도모한다

이쯤이면 괜찮겠지

순간, 떨어지는 기억을 되살려
썩을 것인지 익을 것인지
햇빛 냄새 큼큼한 소리로 익어가고
세상 모든 경계에는 꽃이 피고

# 손 편지

시작이 緣이라면
끝남은 業이라지
쌓는 건 세월이고
허무는 건 찰나라

어둠을 깎은 치미 넘어
달처럼 이우는 꽃 그림자
공덕 같은 그대에게
때 늦은 손 편지 쓴다

이소異所

아찔함을 넘는 높이
떨어지는 격한 충격
내지르는 굳센 날갯짓

빛은 어둠을 넘나들며
이승과 저승 오르내리지만
아무도 도와 줄 수가 없다

삶과 죽음
그 절대 간격
민들레 씨앗보다 가볍다

# 비밀

늦추면 늦출수록
오지 않는 어느 밤
술 취한 기억에 뒤섞인
또렷한 그 목소리

보고 싶고
그만큼 미운데
아직도

미운 듯 그리워하는 네가
서성거리며 발걸음 옮겨
매만지는 겨울 한 모서리

언제였던가
눈빛으로 바랜 정수리
흉터로 남아
아무도 모르는 희미한 이야기

# 간발의 차이

현실에 이상을 덧대고
갈매기로 날아오르다가

지쳐 바닷가 내려오면
부리를 무리 깃털에 부비고

머리가 하늘에 닿고 싶을 땐
홀로 날개 부풀려 절벽 비킨다

여기저기 빠름과 늦음 없이
현상 가로저어 상상의 돛 올리고

몰입 경지에 사뿐히 걸터앉아
소스라친 감성으로 시를 쓰기도

# 사랑 꽃

콤처럼 사랑 꽃도
다시 필 수 있다면
얼마나 좋을까

사랑을 약속할 때
변하는 달은 안 된다는
귀한 주문을 외면서도
서로의 눈 속에서 흔들리는
그믐달 정념으로 애를 태웠다

연필로 쓰는 편지가
진정 편지라며 답장하듯
그리움으로 물든 노을이
애써 노을이라 우겨가며
내년 봄 피지 못할 사랑 꽃처럼
거짓 맹세 한 포기
화분에 심는다

# 진묘수

신령한 널길* 지킴이
정수리 솟은 쇠뿔
갈기 달린 날개로
걷거나 날아오른다

쇠비름 흔적인 몸통
색깔과 위엄 희미한데
죽은 자를 저승 인도하는
무덤 안의 영검한 동물이다

바람 햇빛은 비에 닳고 바래
1500년 세월 박물관 옮긴 뒤
기상과 자취 청사보다 뚜렷하다

무령왕릉 나오기 바로 직전
청록색 진묘수 목걸이 하나 샀다
뭔가 기특하고 용한 부적이라
항상 위험한 나를 지켜줄지도

* 고분의 입구에서부터 시체를 두는 방까지 이르는 길

# 복수는 나의 힘

사소한 문제로
빼고 더할 것도 없지만

햄릿과 로미오가 그랬듯
제로섬 게임인 나도 역시
복수는 또 다른 복수를 부른다지만
아직 그런 걸 본 적이 별로 없다

달달하고 낭만적인 일회성이라
누군가 까닭 없이 끌어내리고
어쩌지 못해 얕은 해코지로
복수를 꿈꾸며 살아 기쁘기도

가끔 작정해도 괜찮을 터
소소하고 유치한 복수는
나의 열정이자 사랑이다
살아가는 방식이다

# 만든 꽃

빛을 꿈꾸는 대범한 낮은
가깝고도 먼 곳에서
서로의 앳된 두 뺨 부비며
은밀한 밤을 마주 재촉하고

짙푸른 네온사인 조명 아래
비에 씻긴 유리 꽃 하나가
어느 날 나직이 내게 물었다
섣부른 불빛 장난해서 서럽냐고

만든 꽃이면 어떠랴
들판에 핀 꽃보다
생생하면 그만이지

가짜가 진짜보다 더 진짜다운 건
그지없이 절실하기 때문이다

누구라도 그렇듯
만든 꽃 한 아름

빗장뼈 밑에 감췄을지도
아직도

# 경우의 수

수가 느는 건
어금버금 근사한 전략이고
둘 중 하나 택하는 건
시시비비 저급한 수작이다

적어도
선택 항이 세 개라야
무게 중심 잡고
저울눈 멈추지

백과 흑이 섞이거나
흑도 백도 용납지 않는
특유의 회색이야말로
옹골지고 고급스럽다

가당찮은 경우 늘려
중간에서 다독이느라
비겁한 땀깨나 뺐다
누이 좋고 매부 좋게

# 달맞이

아주 오랜 옛날
계수나무 토끼 꿈을 자주 꾼 증조할머니
보름달을 좋아하셨고

오랜 옛날
정화수 한 그릇 날마다 바친 할머니
그믐달을 좋아하셨고

옛날
아들을 지독하게 짝사랑한 어머니
반달을 좋아했고

오늘
비우고 채우는 난
초승달을 좇아 허허롭다

# 꼬리뼈

얼핏 보아서는
아무것도 없는데
손으로 더듬으면
뼈마다 만져진다

맨 처음 우리 조상이
유인원과 뿌리가 같다고
창조네 자연발생이네
아직도 할 말이 많단다

네안데르탈인
호모 에렉투스
호모 사피엔스는
진짜 꼬리가 없다

걷기 시작하면서
어쩌다 사라졌으나
앉아 중심 잡느라

어렵사리 남았으니
퇴화가 진화인 역설이다

# 시간의 기억

**황태경 시집**

Poems by Hwang Tae Gyeong

3부

# 날마다 새벽은 일고

# 가포 찻집

담배 연기 커피 내음 느긋하게 드리운
헐렁한 아침 다방 구석 자리 너머로
어항 금붕어 지느러미 한껏 게을렀다

앳된 주인 마담 공단 치맛자락 사각대고
눈두덩 위로 치켜 그린 짙은 사주 눈썹은
자존심의 콧대보다 더 우아하고 높았더라

낯선 유리창에 마주 비쳐 떨리는 속마음
겨울 가포 찻집의 벽난로 어디쯤 싶다가
그대 떠올린 따뜻한 커피 향기 그윽하고
가락국 여인의 돝섬 사진 바다에 걸렸다

# 나는 불안하다

62

읽을 책이 없는 금요일
엄마께 전화하지 못한 아침
허수히 웃어댔던 오후
여전히 떠들었던 저녁
도무지 잠들지 못하는 밤
온종일 불안하다

# 시간의 저울추

외딴섬에 갇혀 종신형 받은
유능한 변호사의 큰 죄명은
시간을 허투루 쓴 것이라고
꿈속 저승사자에게서 들었다

들이켜보면 스무 살의 치기 정도로
가파른 마흔 무렵 적당히 낭비한 채
묵은 기름에 찌든 정신의 부채 증서는
거울에 비친 주름보다 깊고 선명하다

어차피 가난쯤이야 이골이 났지만
이제라도 아낄 게 있어 다행이다
검은 강물 건너 명부로 들어갈 때
야박한 저울질에 부끄럽지 않도록

# 배롱나무

마을 앞 우람한 배롱나무
해마다 계절이 피듯
서로를 반기던 네 그루
감쪽같이 사라졌다

해그림자 그대로인데
절반 잘린 몸을 떨었다
소담하고 분분한 송이꽃을
송두리째 톱날로 해하다니

겨울만 참고 견디면
본연한 자태로 돌아올 테니
하늘과 땅 바람과 햇빛 믿고
굳게 기다리자며 함께 울었는데

올 유월 이른 여름
수척한 가지가지 여린 색이
백 일 남짓 물빛으로 오르는데

가늘고 귀한 몇 송이 너를 부여잡고
기뻐 웃었다
살아내어 반갑다고
참 고맙노라고

# 드립커피

신선한 콩이
순수한 물의 뜨거운 온도에서
단아한 솜씨를 곁들이더니
거름종이 아래서
깔끔한 맛과 향을 만든다

겨울도 차가움을 고집하는
너희들은 얼치기
여름도 뜨거움을 선호하는
우리들은 전문가

드립커피가 아이스커피로 바뀌는 건
배반인지
알갱이 커피로 드립커피로 흉내 내는 건
타협인지
희미한 추억은 팔아도
지긋한 정성은 팔지 않을 듯

은은하고 깊은 아라비카 커피에
노랗고 네모난 각설탕 두 개
부드러운 봄 꿈처럼 녹아 스민
고요한 아침은 달콤 쌉쌀하다

# 하여가

금빛 물결 일렁이는
수평선 너머 잠든 인어처럼
아쉬운 봄날은 가버렸고

무성한 녹음 속삭이는
밤하늘 수놓은 반딧불 마냥
떨리는 여름으로 타올랐다

드리운 그늘 쓰다듬는
붉게 물든 저녁노을에
야무진 가을로 무르익었지만

눈 박힌 북쪽 하늘 바라보는
자작나무 끝 무심한 까마귀는
칼칼한 겨울 내내 굳건할지니

# 맨드라미

수탉 대강이*
붉고 높은
벼슬 하나 올리니

이에 질세라
관능적인 자태로
신박한 여름
바로 세운다


* 머리를 속되게 이르는 말

# 욕망하는 하루

붉은 장미 자주 달개비
노란 해바라기를 손바닥에 올리고
용케 하나씩 하나씩
천천히 욕망한다

뇌의 바람은 빛보다 빠르고
천둥보다 요란한데
사랑보다 섬세한 욕망은
분명 순수 자체다

누리고자 하는 마음은
분수에 넘쳐 탐욕으로 이어지고
그저 욕심과는 다른
영혼의 마그마다

언제 어디로 날아갈지
시위 메긴 아기살 마냥
기대에 찬 조짐을 보이고

오늘도 어쩔 수 없는
욕망 어린 꿈틀거림으로
기분 좋은 하루를 시작한다

# 바람의 바람

잎새에 이는 바람에도 나는 괴로워했다*
시인의 말처럼
불현듯 데우고 간지럽히는 바람
그대를 따르는 간절한 온갖 추억의 바람이다

헤어지는 감잎 한 장의 붉은 매달림
짙은 커피 향에 배어 있는 쌉싸름함
멧새가 부른 바람 그 바람 삼킨 즈음
귀 열리고 눈 뜨여 살갗도 부드럽다

저장한 겨울나무 언저리
수줍은 봄바람 잎눈 피워
성숙하는 여름 무성함조차
가을 낙엽 아래 다소곳하다

시도 때도 없이 저절로 일어
설레는 바람 품는 건

시간을 이어가는 값진 작업이라
강바람 띄워 부추긴다



* 윤동주의 「서시」 일부분

# 가을 서정

장독 틈에 숨었던 민들레 홀씨 한 개
마당에 떨어져 초록 생기 더하더니
노란 동그라미 하늘 하나 얹었다

하얀 씨주머니 은방울 맺고
끝내 바람개비 휘휘 돌고 돌아
코스모스 꽃잎 위에 앉는데

누구와 어떻게 보내려는지
어김없이 머무르고 떠나고자
날렵한 가을은 엇갈려 서성이고

소중한 기억을 우려내려는지
철모르는 고추잠자리 꼬리
하늘 푸른 찻물에 담근다

# 종이 한 장

맵고 시린 겨울 맑은 물에
천 번 손길 닿아야 비로소
닥종이 한 장 만들어지는데
종이 한 장 차이란 말
쉽게 할 말 아닌 듯하다

보이는 밖은 겉일 뿐
보이지 않는 안이 진짜 속이란다
그래서 마음 안이라 하지 않고
마음 속이라 하는 듯하다

색깔 말고 결결이 느끼듯
겉눈 말고 속 마음 읽겠노라
닥종이 갑옷미늘로 감싼다
아무렴 안과 밖을 품으려고

# 잠녀[*]

여기저기 핀
손때 묻은 빨간 꽃
자세히 보아야 한다
누가 심은 꽃인지

예서제서 들리는
숨 가쁜 푸른 휘파람
기울여 들어야 한다
누가 내는 소리인지

봄 유채 여름 감꽃
가을 귤꽃 겨울 동백
빛깔 품은 여인 환상
계절마다 다르지만

화산석 휘파람쯤으로
돌하르방 목청 가다듬자
억새 따라 바람 엮은

그녀들의 숨비소리
세상을 열고 닫는다



* 해녀를 일컫는 제주도 방언

# 마중물

네가 아직 오기 전
먼저 나서마

물 한 바가지 들고서
한껏 반가운 마음에 양손으로
냉큼 붙잡으면 낮고 묵직한 소리
으뜸화음 만들며
우리는 흐르는 물로
다시 만났다

그 시절 칠월 보름께
늦더위 문득 몰려오고
수줍은 달빛 마당 모퉁이에서
등목해 주는 네 손길에 이끌려
나는 간지럼 타며 몸을 비틀었다

너는 너대로 나는 나대로
시원한 여름나기 이어지더니
둘만의 소란함은 비밀이었다

숨은 듯 기다리는 목소리 들릴 때면
가끔씩 돌아보지만
네 모습은 보이지 않고

비릿한 지난 느낌
물그림자 찾으려고
다정한 옛 얘기 들추어낸다

# 옥잠화


그대 어여쁘다
누가 뭐라든
혼자 힘들어도

그 어느 것도
고운 자태 감히
흉내 내지 못하리

상실한 지난여름
하얗게 그리워
옥잠화 비녀 얹고
추억을 소환하다

# 한산모시

껍질 벗겨 맹물 넣고 꺼내 말리기 여러 번 태모시
하얀 모싯잎 앞니로 쪼개며 귀한 칼슘 여태 먹어
마디 굵은 아낙네의 허리는 보란 듯이 꼿꼿한데
삼십 년쯤 거두어 바야흐로 앞니에 이골 난 게지

올올이 콩물 먹여 여름 구멍 숭숭 뚫자
어따 까끌까끌 시원시원한지고
고려시대 익점 아재 목화 수입보다
삼국의 한산모시 짜기가 먼저였구먼

아가
베틀에 앉는 게 고되면 시집살이 못하는 겨
사흘 밤낮 부지런한 친정엄마의 한 필 세모시
혼인 앞둔 음전한 큰애기 예단 물목 자랑일세

# 어린 만신

신원사 못 미친 神氣 드센 길목에서
성수산 만신학교 본청 문을 선뜻 지나
선거리 앉은거리 무꾸리를 내려받는데

비나이다 비나이다 천지신명 용왕님께
지아비 아낙네 아들 손자 무탈하고
펄럭이는 깃발처럼 만선만선 되고자

어설프고 어린 만신 흰 무명 버선발로
바람 파도 햇빛 모래 심령까지 더하고
오방색 깊은 정성 고이고이 올리오니
감히 어여삐 여겨 너그러이 받아 주소

# 지렛대

겨운 바위 춥지만
다뜻한 꿈을 꾼다

언젠가 모래보다 더
가볍고 자유로울 거라고

한 마디 짧은 움직임도
그대 없인 헛수고다

웅크리고 딱딱한 마음 곁
작지만 곧은 지렛대 하나
옹골지게 허리춤에 꿰차고

순하고 부드럽게 구르다
켜켜이 돌탑 하나 올렸다
면면한 다음 생을 위하여

# 시간의 기억

황태경 시집

Poems by Hwang Tae Gyeong

4부

# 마음의 뒤란

# 마지막 탱고

여름 파도 푸르게 흐르고
빨간 등대 하얗게 부서진다

부드러운 눈길은 겹겹이 부딪고
감싸안은 허리 위 떨리는 손길에
서로를 끌어당긴 바람 따라
근사하고 뜨거운 마지막 춤을 추자

노란 모슬린 치맛자락 달빛으로 퍼진
그녀 닮은 육감적인 해남 항구의 밤
은근하고 달콤하다 연한 참외 속처럼

화려한 몸짓 고즈넉이 멈출 즈음
둘만의 탱고는 끝이 나고
표표히 저마다 왔던 돌아선다

# 뫼비우스의 띠

기다랗고 네모난 무엇
반드시 한 번 비틀고
양쪽 끝을 서로 붙여야
구분 없는 둥근 띠 생긴다

우선 안팎 한번 뒤집어
가능성 열어 중심 잡는다

나를 위해 반 바퀴 천천히 돌고
그대 생각하며 곰곰이 들숨 참다
다시 반 바퀴 버거운 재주 넘자

바깥이 안이고 안이 바깥인
경계 없는 마음 원을 그린다

혹시 그대 알았을까 내가
시작점으로 가고 싶었다는 걸

# 가르마

마름모 고이 접은 닥종이 펼쳐
옻칠 입힌 작은 참빗 하나 놓고

걱고 긴 생머리 반으로 갈라
댜리처럼 돌돌 말아 올리더니

반백 년 품은 은비녀 꽂대궁
긔밑 동백기름 은은히 퍼지고

장인의 오동나무 화장대에 비친
친할머니 가르마 보기에 참하다

# 소리굽쇠

굳은 쇠를 부드럽게 구부리면
고유한 떨림을 알아차려
낮고 은은한 메아리 돌아온다

어설픈 생각 살짝 이마에 닿자
속 깊은 가을 고즈넉이 열리고
곱고 여린 속눈썹 빗살에 걸린다

낡아가는 두 개의 소리굽쇠
느려진 진동수 점점 작아져도
마침내 마주 보는 하나의 울림
떨어진 맥놀이로 나를 부른다

# 가을 빛깔

고추의 눈빛
홍시의 미소
밤톨의 가시
마음의 문신

눈부신 그대를
끝내 사랑할 터

또렷이 내려꽂힌
가을 빛깔처럼

# 존재의 이유

들숨의 끝에는 하늘이
날숨의 끝에는 바다가
찰나와 영원으로 교차하고
절제된 분노 박제된 희망은
꽉 들어찬 마음의 부조화로
정교하고 아름답게
균형을 잡으며 잠잠해진다

아찔한 고요 속에 녹은
헛된 욕망은 때때로 바쁘고
부단히 살아내는 건 무의미하지만
그렇더라도 살 수밖에
존재는 본질에 늘 우선한다

# 갈라치기


가을을 통째 말린 후
가마솥 불기운을 입히더니
돌절구 방아 장단에
동짓달 쑨 메주라야 한다는데

날렵한 처마에 묶여
볏짚 고초균 넘나들더니
진한 곰팡내 퍼지듯
정월에 담근 장이라야 한다는데

길일 정해 고사 지내는
손 없는 말날이나 돼지날에
거룩한 발효와 숙성 업고
이월 장을 나누어 치대야 한다는데

상대편의 돌이 두 귀로
좌우의 벌림을 꾀하는 품세라
바둑의 갈라치기만큼
신비롭고 기막힌 묘수라야 한다는데

# 보성 찻잎

푸릇푸릇 곡우 지나
참새 혓바닥 같은
여린 차밭을 걷는다

앞서는 날씨따라
계절이 뒤서는데
시간마저 가리어
무쇠솥에 덖는다

덜 끓으면 떫고
더 끓으면 쓰다

물과 불이 만난 첫물에
서둘거나 망설이지 않는
순순하고 연연한
마음 향기 우린다

# 등대

작렬하는 햇빛 기어오르는 파도
깎아지른 절벽을 버텨내더니
바람 삼키고 그만 겁을 잃었다

어초에 파도의 소용돌이 운명이었나
침묵을 고독으로 바꿔버리고
지독한 숙명마저 지켜낸다

바랄 것도 비울 것도 없이
열렬한 사랑의 푯대를 세운 채
그 눈빛 예사롭지 않다

웅크리고 미끄러져 다가가
높은 난간 끝 너를 끌어안자
굵고 낮은 목소리 들려온다

매운바람 속에
오롯이 새겨진다
예까지 오느라 수고했노라고

# 월식


계수나무 설화 올려
토끼 방아 찧으려고
기울여 한 달 기다리고


스흡스흡 달빛 삼켜
지아비 태기 품고자
조심스레 열 달 애태우고


붉은 향기 사과에 담아
사각사각 베어 깨물며
고스란히 삼 년 간절함이여


무릇 세상 모든 행성이
그들의 이야기를 지새우며
절대 그림자 여위어 갈 즈음


달항아리 백자 빛 안고
거울 속에 태연히 비친
선녀 항아님 치마 폭폭이
푸른 전설 천지에 물들다

# 생채기

생각 머리 눈썰미
혀끝 손끝에
발걸음도 둔하다

답답하고 무뎌진
마음 촉 끝으로
가끔씩 생채기를 그린다

쓰리고 아프잖아
살아 있네
살아 있어

# 그냥 자유


남들은 자유를 사랑한다지마는
당신에게는 복종만 하고 싶어요[*]

자유를 위해 꼭 복종해야 할
이유란 아무 것도 없는데

어떤 대가 치르더라도
충분한 가치 있고말고

얼마 전부터 걸었던
호태산 스스럼없듯
숲에 있는 나도
그냥 자유다

바람처럼 새처럼
햇빛처럼 물처럼

숲과 함께 숲이 되어
아침마다 자유이고자

오늘도 왕처럼 행차한다




* 한용운의 「복종」 중 일부

# 뜸

흰쌀에 뜸 들자
호박잎도 부드러워진다

펄펄 끓어 넘치기 직전
불 줄이고 찬찬히 익는
뜸들이 음식이 귀해지는 때
간편식 배달통 요란한 소리
날카롭게 집집을 휘어잡는데
뜸 들이다가는 되레 망친다며
뜸 들일 시간이 어디 있냐며

흰쌀에 뜸 들자
가지도 부드러워진다

땀날 만큼 그윽한 뜸을 들이고
알알하고 사근사근한 우렁된장에
갖은 양념에 물컹하게 익혀진 가지나물에
정겨운 여름 평상에 둘레상을 차린다

# 화이불치

금강 품은 선선한 나무
순금 왕관보다 값지고

왕릉 단장한 고운 단풍
무령왕 금관 꾸미개로

소소한 바람 불 때마다
황금 이파리들 두런두런

1500년 이야기 다시 그리며
찬란한 가을의 전설로 남아

고즈넉한 왕릉원 은행나무 잔치
화려하지만 사치스럽지 않다

# 마음자리

손톱마다 물들인다
물꽃 색 바래기 전
살갑게 첫눈 내리면
그리운 사람 만난다길래
어렵사리 꽃물 새겼다

시방 그날처럼 눈꽃 피고
혹시 그대 만날지도 몰라
종점으로 발걸음 옮겼더라

장승과 찻집 그대로인데
변한 건 그대 아니라
바로 나였음을

얼추 이십오 년 전
공주시 반포면 상신리
물길과 그늘은 생생하고
돌을새김 마음도 성성한데
아직 아직도

# 사랑 2

인생을 굵은 체에 거르자
기억이 자갈이다

기억을 보통 체에 거르자
추억이 모래 알갱이다

추억을 고운 체에 거르자
사랑이 가루더미를 쌓는다

사랑을 인생이라 느끼자
머리카락이 하얗게 바랬다

# 발을 씻기면서

어깨가 활만큼 휘어져
곧 시위 떠날 것 같아
낮은 의자에 앉히고
대얏물에 발 씻겨 드린다

그 옛날 예수가
제자들의 발을 씻어주듯이

굴참나무 껍질처럼
쩍쩍 갈라진 발뒤꿈치
손이 베일지도 모르는 아픔

떠날 때 못 잊는 정
굳이 동여 보내오니 나의
봉래산 마고할미로 남아 주오

# 경계 위의 삶과 사랑의 의미

### - 황태경 시집 『시간의 기억』 읽기

**윤성희**(문학평론가)

# 경계 위의 삶과 사랑의 의미
### - 황태경 시집『시간의 기억』읽기


윤성희(문학평론가)


1.


세상을 좀 살아본 이라면 공감할 테지만 우리는 마치 날씨와 같은 생을 산다. 아침에 맑게 개어 있다가도 한낮에 먹구름이 몰려오고, 예고 없는 소나기가 지나가면 곧장 햇살이 퍼진다. 바람이 거세게 휘몰아치는 폭풍의 밤이 있는가 하면, 꽃 피고 새 우는 새 날의 아침이 있다. 폭설에 덮인 세상의 고요가 있고, 장대비가 도로를 두드리는 도시의 소란이 있다. 그렇게 변덕스럽고 불안정한 날씨를 닮은 게 곧 우리의 삶일 테다.

나는 황태경의 두 번째 시집『시간의 기억』에서도 날씨와 같은 삶을 읽는다. 그의 시집 속에는 낮인데도 흐릿한 침잠이 있고, 그러다가도 저녁놀같이 붉은 정염이 있다. 풍선처럼 부푼 마음을 산들한 바람에 태워 올릴 때가 있는가 하면, 거친 파도의 소용돌이에 휘말리는 작은 조각배처럼 아득하고 불안한 마음의 시간이 있다. 시 속의 삶은 화창하고, 잔잔하고, 혹은 서늘하고, 시리다. 보슬보슬하고 반짝반짝하다가도 질퍽하거나 서걱거린다.

날씨처럼 삶은 늘 변한다. 자잘하고 비루한 생활 속에서 삶은 수시로 휘청이고 부서지기 일쑤다. 인간 존재의 일상적 조건이 그런 것이다. 균형을 잡았다고 믿는 순간에도 발밑은 흔들리고, 다잡은 마음조차 사소한 충격에 금이 간다. 우리는 흔들리고, 흔들림 속에서 제자리를 찾으며, 다시 다짐하고 또 무너진다. 황태경의 시집은 이렇게 기울고 휘어지고 기우뚱한 삶의 등압선을 그린다. 불안정한 삶의 여러 궤적들을 이어주는 선이 거기 있다. 상승하는 기류와 하강하는 기류가 부딪치다 흩어지고 새로운 공기가 또 다른 흐름을 만들어낸다.

좌우충돌하고 불규칙한 삶의 날씨가 만들어내는 심리는 일단 불안일 테다. 그래서 시인은 온종일 불안하다고 말한다. 그가 그린 기상도 속에 '읽을 책이 없는 금요일', '엄마께 전화하지 못한 아침', '허수히 웃어댔던 오후', '도무지 잠들지 못하는 밤'(「나는 불안하다」)의 불안이 그대로 드러난다. 하루가 불안하고 일상이 불안하다고 말하지만, 불안의 심리에는 진화적 기원이 있다. 불안은 생존의 관점에서 주변의 위험을 감지하고 반응하는 생물 시스템의 과민 증상으로 설명된다. 과민이 문제일 뿐 불안은 생존을 위한 본원적 반응이다. 그러므로 그가 불안하다고 말하는 것은 실상 살아 있음의 신호다.

그렇지만 일상이 어디 늘 민감하기만 하던가. 때로는 감각의 등압선이 풀려 시야가 흐트러지고, 마음의 기압골이 길게 내려앉을 때가 있다. 그런가 하면 "생각 머리 눈썰미/혀끝 손 끝에/발걸음도 둔하"고, "답답하고 무뎌진"(「생채기」) 때도 있는 법. 이럴 때

시인은 자기 안의 관측소를 연다. 덮어 둔 '생채기'를 더듬어("그런
다") 미세하게 떨리는 기압계의 바늘에서 통증의 수치를 확인하
는 것이다. 상처를 감추거나 묻어두지 않고 조심스레 드러내는
것은 빠진 등압선을 다시 그려 넣는 일, 곧 하루의 일기도를 복원
하는 일이다. 왜? 그래야 "쓰리고 아프"니까. 통증을 감각할 수 있
으니까. 통증을 느껴야 살아 있음이 확인되니까. ("쓰리고 아프잖아/
살아 있네/살아 있어") 통증은 자기 몸에서 무슨 일이 일어나고 있다
고, 자기 인생에서 무언가가 바뀌어야 한다고 주장하는 몸의 목
소리이다.

이 목소리를 들으면서 시인의 시선은 통증의 노출을 넘어, 그
가 외면하고 싶었던 감정의 심연까지 파고든다. '살아 있음'의 목
소리는 "눈에 보일 만큼 떨리는 질투와 시기에/마비된 이성은(이)
제자리를 잃고 헤"(「비교의 속성」)매는 혼란을 고백하고, "얕은 해코
지로/복수를 꿈꾸며 살아 기쁘기도"(「복수는 나의 힘」)한 소심한 기
쁨을 자책한다. "절제된 분노 박제된 희망"이 "꽉 들어찬 마음의
부조화"(「존재의 이유」)를 호소하고, "까닭 없이 쓸쓸해지고 누추해
지"(「미스터 소크라테스」)는 자기 연민을 공개한다. 이는 순간적인 감
정의 요동만이 아닐 터. 오래 머물고 있는 정체전선처럼 비루한
감정들이 축적된 상태, "묵은 기름에 찌든 정신의 부채 증서"(「시
간의 저울추」)에 비유되는 내면의 침전물이다. 시인은 그 침전들을
존재의 흔적으로 기록하고, 그걸 기상도에 담는다. 어디에서 등
압선의 간격이 조밀해지고, 어느 골에서 기압이 낮아지는지 확인
하는 과정 - 그렇게 시인은 감정의 혼선과 흔적을 관측하고 있는
것이다.

2.

　삶이 불안하고 불안정하다는 생각은 그것이 경계에 위치해 있다는 인식으로부터 흘러나온다. 황태경의 시는 그 불안의 기원, 흔들리는 삶의 원인을 함께 드러낸다. 그것은 시인 자신의 삶이 아직 좌표가 정해지지 않은 경계, 판단이 유예되는 지점에 놓여 있기 때문일 테다. 사실 누구라도 그럴 것이다. 우리 삶의 실존이 그런 것이다. 기준들이 충돌하고 정체성이 의심받으며 무게중심이 흔들리곤 한다. 그래서 경계의 삶을 산다는 것은 유동의 상태에 내몰리는 일이기도 하다. 유동의 상태는 주체의 선택 밖의 일일 때가 있다. 스스로 판단하고 결정할 수 없는 일들, 가령 삶과 죽음의 문제 같은 것들 말이다. 우리는 우연한 사건과 시간의 압력을 통제할 수 없다. 황태경의 시에서도 삶과 죽음은 통제 불가능의 상태, 곧 경계 위에 머물러 있다.

아찔함을 넘는 높이
떨어지는 격한 충격
내지르는 굳센 날갯짓

빛은 어둠을 넘나들며
이승과 저승 오르내리지만
아무도 도와 줄 수가 없다

삶과 죽음
그 절대 간격

민들레 씨앗보다 가볍다

- 「이소異所」 전문

이승과 저승, 삶과 죽음은 '절대 간격'을 유지한 채 경계 위에 놓여 있다. 여기서 시인은 모순된 두 개념('절대 간격'/'가벼움')을 겹쳐 놓는 방식으로 경계의 성격을 재정의한다. '간격'이 거리가 아니라 무게로 전환될 때, 경계는 한 번 건너면 되돌릴 수 없는 절대성(불가역성)과 그 건넘이 "민들레 씨앗보다 가볍"다는 경량성이 동시에 강조되는 것이다. 그러므로 경계를 넘어서는 일은 불가역적 절대라는 점에서 엄중하고, 가볍다는 점에서는 취약하다. "아찔함을 넘는 높이/떨어지는 격한 충격"을 동반한다는 점에서 또한 위험하다. 그럼 경계를 허물어야 할까? 그건 선택이나 의사결정의 문제가 아니다. 의지로 해결할 문제가 아닌 것이다. 경계 위에서 서성이거나, 넘어섬을 유예하는 수밖에 없다. 시 「발효」가 이 상태를 통과하는 방식을 제시한다. "익을 것인가 썩을 것인가" 하는 엄중한 때에 주체는 "경계를 서성이"고 있다. 이때의 체류는 결과를 보장하지 않는 시간의 실험대에 자신을 올려놓는 일과 같다. 부패냐 발효냐의 기로에서 주체는 미결정의 시간을 견디고 있는 셈이다. 서둘러 결론을 확정하지 않고, 불안하지만 시간의 과정에 자신을 내놓는 것이다.

나는 황태경이 경계의 삶을 대하는 태도가 여기 있다고 본다. 그는 경계 위로 시간을 통과시킴으로써 "햇빛 냄새 큼큼한 소리로 익어가고/세상 모든 경계에는 꽃이 피"(「발효」)게 될 날을 기다리는 것 같다. 그는 미래에 대한 낙관, 또는 희망을 그런 식으로 표현한다. 당장 눈에 보이지는 않지만, 벽 어딘가에 불을 켜는 스

위치가 있을 거라고 믿는 것 같은. 그의 시에 위태는 있어도 좌절이 없고 불안이 있을지언정 절망이 나타나지 않는 이유다. 같은 맥락에서 앞에 인용했던 「이소異所」를 다시 읽을 수 있겠다. 삶과 죽음의 경계, 혹은 거리를 말하면서 시인은 '민들레 씨앗'을 불러들였다. 민들레 씨앗은 흩어짐-정착-새로운 생장의 이미지를 동반한다는 사실을 떠올리자. 죽음에로의 건너감은 비록 가볍지만, 그 건너편에 다른 장소, 다른 생장의 가능성이 암시된다. 그래서 이소는 '異所'이면서 '移所'가 될 수 있다. 민들레 씨앗의 가벼움을 허무로 읽지 않고 전환의 방식 또는 전환 이후의 삶으로 읽을 수 있는 근거다.

수가 느는 건
어금버금 근사한 전략이고
둘 중 하나 택하는 건
시시비비 저급한 수작이다

적어도
선택 항이 세 개라야
무게 중심 잡고
저울눈 멈추지

백과 흑이 섞이거나
흑도 백도 용납지 않는
특유의 회색이야말로
옹골지고 고급스럽다

가당찮은 경우 늘려

중간에서 다독이느라

비겁한 땀깨나 뺐다

누이 좋고 매부 좋게

-「경우의 수」 전문

　시인에게 흑이냐 백이냐는 성급하게 결단해서는 안 될 일로 인식된다. 완전히 검거나 완전히 흰 인생은 없기 때문일 테다. 우리는 회색의 그라데이션 속을 산다. 이분법적 사유방식은 선명하고 명쾌해서 매혹적이지만, 존재의 층위를 가난하게 만든다. 그래서 시인은 양자택을 유예하고 '경우의 수'를 늘린다. 이럴 때 이항대립의 도덕주의가 흔히 붙이는 '비겁'이라는 낙인이 따라붙을 수 있다. 관계를 깨지 않기 위해, 혹은 극단을 피하기 위해 "땀깨나" 흘려야 한다. 그 땀은 공존을 위해 치러야 할 정서적 비용이다. 흑백논리에 편승하지 않으려는 유연한 사고의 여분이고, 사유의 가난을 벗어나려는 밀도의 증량이다. 경계 위에서 시시비비 결론을 서둘러 내리는 것은 "저급한 수작이다". 그런 점에서 「경우의 수」는 경계 위에서 유예의 시간을 어떻게 견디고, 어떤 규칙으로 스스로의 위치를 다시 배치하는가를 보여주는 사례라 할 만하다.


3.


　황태경의 시에는 화려한 수사나 감각적 장식이 거의 없다. 대신 경계의 불안과 혼란, 일상의 결핍과 갈등 같은 실존적 조건이 가감 없이 드러난다. 그의 시는 불완전한 삶에 대한 기록이자 흔들리는 자아를 붙잡아 일으키려는 고투의 흔적이다. 시인은 경계 위에 서서 생의 힘을 탐색하며 다른 세상을 꿈꾸는 방식으로 세계를 버텨낸다. 무덤을 지키는 '진묘수', 투수를 보호하는 '마우스피스'는 생을 지켜주는 장치의 은유다. 전력으로 투구하기 위해 이를 악물어야 했던 투수에게 마우스피스는 치아보호장치지만 "왕관의 무게를 견디기" 위한 생의 버팀목이기도 하다. 시인은 박찬호 기념관을 둘러보고 나올 때, 한 인간이 감당해야 했던 삶의 압력과 투지가 마우스피스라는 은유에 응축되어 있다는 사실을 떠올린다. 박찬호로부터 전이된 감정은 마침내 "허술한 생각을 보호하려면 나 또한 마우스피스가 필요"(「마우스피스」)하다는 다짐으로 스스로를 무장한다.

> 무령왕릉 나오기 바로 직전
> 청록색 진묘수 목걸이 하나 샀다
> 뭔가 기특하고 용한 부적이라
> 항상 위험한 나를 지켜줄지도
>
> -「진묘수」 부분

　삶은 허술하고 항상 위험하다. 마우스가드와는 또 다른 차원에서 자신을 지켜줄 힘이 필요한 것이다. 시인은 '진묘수 목걸이'라는 부적을 상정한다. 기적을 일으키는 힘이 거기 들어 있다고 믿고 싶어서일까. 부적은 몸과 마음을 접속시키는 인터페이스, 불안을 관리하는 휴대용 프로토콜이다. 시인은 "청록색 진묘수 목걸이"를 목에 건다. 기대가 작동하고 위험의 징후가 밀려 나간다고 믿는다. 마우스피스가 물리적 충격을 흡수하듯, 진묘수 목걸이는 불안의 파장을 낮춘다. 안정이 자리 잡고 안도의 감각이 돌아온다. 그러나 사실 이런 안정은 자기암시가 만든 환상일 수도 있다. 환상으로 현실 인식의 틈새를 채우고, 위험이 주는 설명할 수 없는 불안을 잠재우기는 어려운 일.

시인은 차라리 다른 세상을 꿈꾼다. Y 화가의 작품이 '무릉도원'을 상상하게 했을 것이다. 그는 그 그림을 보면서 유토피아에 홀려 있다. "청백의 무릉도원에 제대로 홀려/오늘도 Y 그림 앞에 다소곳이 앉아/유토피아 들어가려는지/단장 곱게 마쳤다"(「홀림」). 그러나 유토피아는 이 세상에 '없는 곳(outopia)'과 '좋은 곳(eutopia)'이라는 뜻을 함께 지니고 있다. 좋은 곳인데 없는 곳이다. 이게 유토피아의 역설이다. 또 하나의 역설은 현실이 팍팍하고 냉혹하기 때문에 유토피아를 상상한다는 점이다. 그러므로 다른 세상을 꿈꾸는 현실 자체가 세계의 부정성을 반증하는 것이다. 같은 맥락에서 현실에 대한 시인의 인식과 태도를 다시 확인할 수 있다. '마우스피스' - '진묘수' - '유토피아'로 이어지는 지켜냄의 은유망 안에 이번에는 '지렛대'가 들어온다. 불안정한 삶을 견디고 지키기 위해 쓰는 장치다.

겨울 바위 춥지만
따뜻한 꿈을 꾼다

언젠가 모래보다 더
가볍고 자유로울 거라고

한마디 짧은 움직임도
그대 없인 헛수고다


웅크리고 딱딱한 마음 곁
작지만 곧은 지렛대 하나
옹골지게 허리춤에 꿰차고


순하고 부드럽게 구르다
켜켜이 돌탑 하나 올렸다
면면한 다음 생을 위하여

- 「지렛대」 전문

겨울 바위는 화자의 현재다. 차갑게 웅크린 상태로 무겁게 내려앉은 자리. 그 위로 다른 세상으로 이행하는 꿈이 얹힌다. 무릉도원에 이르는 문턱에 발을 걸치는 상상과 비슷하다. 유토피아의 역설이 현재를 견디게 하였듯이, '지렛대' 또한 현실의 무게를 분산시킨다. 방향을 바꾸는 생각, 받침점을 다시 세우는 시선이 거기 있다. 지렛대가 바위의 꿈을 지원하고, 오늘의 현실을 다른 각도로 전환한다. 지렛대를 통한 '순하고 부드러운 굴림'이 돌탑을 만든다. 존재의 중심을 옮겨 놓는 방식으로 '다음 생'을 상상하는 것이다. 그렇다고 중력이 감소하거나 소멸하는 것일까. 그럴 리 없다. 무게를 버리지 않은 채 대상의 방향을 돌려보는 일만으로도 변위는 일어난다. 그렇게 화자는 '겨울 바위'의 몸으로 다른 세상으로의 꿈꾸기를 시작한다.

이와 유사한 상상의 지평 위에서 다른 세상에 대해 의미를 부여

하는 경우도 있다. 없는 곳(ou-)이면서 좋은 곳(eu-)이라는 유토피아의 역설처럼, 「만든 꽃」을 통해서도 '없음'의 세계로부터 '좋음'의 감각을 빌려와 현재를 견딘다. 시인은 "만든 꽃이면 어때"냐면서 작위와 자연을 가르지 않는다. 절실하면 "가짜가 진짜보다 더 진짜다"울 수 있는 법이다. 유토피아적 허구처럼 중요한 건 진정성일 뿐이다. "한 아름/빗장뼈 밑에 감췄"(「만든 꽃」)다는 '만든 꽃'이 그 절실함을 강조한다. 본시 없던 것을 만들어 '빗장뼈 밑' 심장 가까운 곳에 둔다는 것은 상상적 허구겠지만 그렇게 해서라도 그는 현실을 건너야 하는 것이다. 유토피아의 꿈을 한 송이 꽃으로 축소해 지금-여기에 놓는 일, 세계는 변하지 않아도 내가 만든 세계는 믿어야겠다는 말로 들린다. 시인은 꿈(유토피아)과 꾸밈(만든 꽃)을 허위로 몰지 않는다.


4.


앞에서 시인은 질투·시기·소심한 기쁨·박제된 희망 같은 감정의 침전을 숨기지 않고 드러냈다. 등압선이 조밀해지는 구간을 스스로 관측하며 그 혼선을 기록했다. 침전물은 시간이 지나면 기억으로 응고된다. 이 기억은 그때그때의 날씨와 풍경, 거기에 반응한 온갖 정념의 덩어리로 구성된다. 기억은 자아의 근거이지만 기억의 과잉은 현재를 인질로 잡는다. 그렇다면 기억의 인질이 되어 현재를 과거 속으로 몰아넣을 것인가. 그러지 않으려면 버릴 건 버려야 한다. 그 버림이 시인에게는 망각이다. 망각은 모든 걸 지워 버리는 게 아니다. 삶의 핵심적 가치 하나는 건져 올린다.

시간 위에 이끼 끼고
쉰 소리마저 강마를 때면
레테의 강물을 천천히 마신다

오래도록 간직했던
모든 기억은 잊어도
유채꽃 바다에 떠 있는
그립도록 아름다운
사랑만은 남기자

헤어지는 게 아니다
사라지는 게 아니다
잠시 보내는 거다

언젠가 다시 돌아온다는
기약 없는 기다림으로
망각의 시간을 건네주는 사공처럼
기억의 문을 지키는 파수꾼처럼

-「레테의 강」 전문

　　"망각의 시간을 건네주는 사공처럼/기억의 문을 지키는 파수꾼처럼" 한 손으로는 배를 밀어 보내고, 다른 손으로는 문을 지킨다. 떠나보내되, 지킬 것은 지킨다. 혼탁을 가라앉혀 남길 것을 더 선명히 드러나게 한다. 망각은 시간에 내맡기는 방임이 아니라, 시간과 더불어 지킬 것을 선별하는 정화다. 그래서 시인에게 '레테의 강물'은 기억의 정제수가 된다. "마지막 남은 금빛 실오라기 하나"(「그리움 5」)처럼 '사랑' 하나를 걸러 남기는 씻김의 물이다. 어떻게 이게 가능할까. 망각을 전적인 소멸이 아니라 유예로 인식하기 때문이다. "헤어지는 게 아니"고, "사라지는 게 아니"고, "잠시 보내는 거"라고 한다. 곧 기억을 정리하는 것이다. 사랑은 이 같은 기억의 씻김 혹은 정련을 거쳐서 얻는 최후의 순도, 마지막 정금이다. 과거를 떠나보내고 남은 영원한 현재시제다.

이제 남는 것의 이름이 또렷해진다. 사랑이다. 사랑은 정념의 잔여가 아니라 존재의 핵심 가치, 흔들림을 받쳐주는 보루이다. 레테의 정제수로 혼탁을 가라앉힌 뒤에 남겨야 할 한 가지, 현재를 지키는 기준이다.

인생을 굵은 체에 거르자
기억이 자갈이다

기억을 보통 체에 거르자
추억이 모래 알갱이다

추억을 고운 체에 거르자
사랑이 가루더미를 쌓는다
사랑을 인생이라 느끼자
머리카락이 하얗게 바랬다

- 「사랑 2」 전문

레테의 물이 정화의 의미를 갖는다면 이 시에서의 '체'는 여과의 기능을 갖는다. 「사랑 2」는 체의 메타포를 사용하여 기억의 선별 과정과 결과를 보여준다. 굵은 체-보통 체-고운 체로 필터를 바꿔 끼우며 삶을 거를 때, 남는 값은 미세한 '사랑의 가루'가 된다. 가장 미세하기에 가장 넓게 스민다는 역설이 있다. 역설을 통과하여 이 시는 기억의 과잉을 정리하여 최종의 가치, 사랑에 이르는 필터의 기술을 간명한 이미지로 응축해 보인다.

그렇다면 시인에게 사랑이 왜 기억의 핵심이 되는 걸까. 사랑에 최종 가치를 두는 행위의 근저에 있는 무의식은 무얼까. 마음의 항상성을 회복하려는 욕구, 의미 보존의 소망이 거기 있을 거라 생각해 본다. 그것은 "절반 잘린 몸을 떨"던 배롱나무가 "올 유월 이른 여름" "여린 색"(「배롱나무」) 가지의 소생으로 변주되기도 하고, "파도의 소용돌이 운명" 마저 끌어안는 "열렬한 사랑의 푯대"(「등대」)로 수렴되기도 하는 의미의 좌표다. 그 좌표는 날씨와 같이 변덕스럽고 불규칙한 생을 단단히 붙잡아 주는 영속의 자리다. 상실과 불안이 몰아칠 때 기울기를 바로잡고, 삶의 고통과 결핍을 견디게 하는 동력이다. 혼란과 불확실성의 한가운데서 방향을 지시하는 중심선이기도 하다. 시인은 그 사랑이 인생의 핵심이라고 깨닫는 데 "머리카락이 하얗게 바랬다".